La batata que habla

Un cuento folclórico de Ghana

escrito por ANN KERR
adaptado por Mónica Villa
ilustrado por Gerardo Suzán

Temprano por la mañana, un granjero fue a desenterrar batatas para llevarlas al mercado. Su perro lo siguió y se sentó a observar. El granjero comenzó a jalar una batata enorme. De repente, escuchó una voz enojada.

—¡Vete y déjame en paz! —gritó la voz.

—¿Quién habló? —dijo el granjero mientras miraba desesperado para todos lados.

—Fue la batata —dijo su perro—. Sería mejor que la dejaras en paz.

El granjero estaba tan sorprendido que se echó para atrás y cayó sobre una piedra.

—¡Oye! ¡Quítate de encima! —gritó la piedra.

—¡Ay! —gritó el granjero y salió corriendo por el camino chocando con un pescador.

—¿Por qué tienes tanta prisa? —preguntó el pescador.

—Mi batata me dijo que la dejara en paz. Y mi perro me dijo que hiciera lo que decía la batata. Luego, caí sobre una piedra y la piedra me dijo que me quitara de encima —balbuceó el granjero.

El pescador dejó su trampa para peces en el suelo y agitó la cabeza.

—Es la historia más ridícula que he escuchado jamás —declaró el pescador.

—Bueno —dijo la trampa para peces—. Yo estoy de acuerdo con el perro.

—¡Ay! —gritó el pescador y salió corriendo por el camino seguido por el granjero.

Chocaron contra una mujer que cargaba un bulto de ropa sobre la cabeza.

—¿Por qué tienen tanta prisa? —preguntó la señora.

—Mi batata me dijo que la dejara en paz. Y mi perro me dijo que hiciera lo que decía la batata. Luego, caí sobre una piedra y la piedra me dijo que me quitara de encima —balbuceó el granjero.

—Luego mi trampa para peces dijo que estaba de acuerdo con el perro —agregó el pescador.

—Los dos se están imaginando cosas —dijo la mujer.

—A mí me parece que todo es verdad —dijo la tela.

La mujer tiró la tela de su cabeza.

—¡Ay! —gritaron los tres y salieron corriendo por el camino. Corrieron hasta llegar a la casa del jefe. El jefe sacó su banco. Se sentó a escuchar lo que le tenían que contar.

—Mi batata me dijo que la dejara en paz. Y mi perro me dijo que hiciera lo que decía la batata. Luego, caí sobre una piedra y la piedra me dijo que me quitara de encima —balbuceó el granjero.

—Luego mi trampa para peces dijo que estaba de acuerdo con el perro —agregó el pescador.

—¡Y mi tela dijo que todo era verdad! —dijo la mujer.

El jefe escuchó al principio con paciencia pero luego comenzó a fruncir el ceño.

—¡Esas son tonterías! —dijo.

Los tres miraron para todos lados, esperando que algún objeto hablara. Silencio. Se dieron la vuelta y caminaron cansados y tristes de regreso a casa.

—Jamás había escuchado tanta tontería —dijo el jefe agitando la cabeza mientras seguía sentado en el banco.

—¿Es ridículo, verdad? —dijo su banco—. ¡Imagínate, una batata que habla!